KB116240

그래도 너를 믿는
그래서 너를 참는

책 만 드 는 집
시인선 248

그래도 너를 믿는
그래서 너를 참는

정용국 시조집

책만드는집

세상에 반가운 일 사방에 널렸는데

인생에 고마운 일 천지에 숨었는데

받들고 믿어야 할 일 모르면서 살았네

2024년 뙤약볕 그늘에서

정용국

| 차례 |

2부 옹색한 변명

3부   기우뚱 청춘 같은

4부   눈물도 웃음 되는

1부

눈물의 힘

눈물

동지 볕이 묻어나는 박오가리 속살에는
세상 근심 댓 말가웃 오종종 모여 산다

그 누가 돌보지 않아도 의젓하고 착하게

서둘러 지고 마는 겨울 해가 아쉬워도
발길이 끊어져서 마음이 허둥대도

비대면 불신의 시간도 다독여서 가야지

세모의 간절함이 상처로 뒹굴지만

그래도 너를 믿는
그래서 너를 참는

간절한 등불 하나씩 가슴속에 품고 산나

용담龍潭의 하늘

꽃담이 무너지고 목단이 시든 자리

연못은 다 마르고 하늘도 타는구나

기우는 조선의 변방에 인내천을 올린다

도솔암 미륵불에 서기가 일렁이고

정감록 우는 소리 저자를 뒤집을 때

단칼에 명치를 찌른 종지부가 뜨겁다

여덟 편 하늘 노래 물같이 흘러가서

삭막한 가슴마다 스며든 생목소리

쌀 한 톨 무지렁이가 튼실한 하늘이다

늦가을전煎

무서리에 얼이 빠진
애호박은 총총 썰고
기다리다 움이 돋은
자주감자 납작 썰어

구시렁 가을비 오는 날
소댕뚜껑에 지져보자

혼자라도 괜찮고
마주 앉으면 더 좋겠지
술잔이 오고 가다
눈물도 피고 지다

늦가을 고소한 밤이
다 눌어도 좋겠다

거인을 꿈꾸다

울분을 삭히기엔 겨울이 제격이지

단숨에 뛰어내린 기백의 품격보다

심호흡 까치발 아래 깊어가는 결기여

극한의 결이 모인 숙연한 결빙의 시간

흩어진 빈 화두도 발심을 곧추세워

무뎌진 백서의 갈피에 붉은 줄을 긋는 밤

절기가 돌아앉아 등뼈가 녹는 날까지

겹겹이 언 빙폭氷瀑에 또 한 겹 꿈을 덧대

냉혹한 거인을 꿈꾸는 모진 밤이 푸르다

돈

몸으로 네게 가고
돌아서 내게 오는
눈멀고 검은 손에
비수처럼 박혀서

오늘도
도깨비장난에
춤을 추는 그대여

그래도 조막손에
천사같이 찾아오고
따습고 긴한 발길
조붓이 살아 있지

외지고
가파른 길목에
주춤대는 그대여

시우時雨

참았던 산의 혈기 열불을 토해냈다

사람의 위무에도 말을 듣지 않으시고

악물고 소신공양한 해진 몸을 뉘었다

변종이 판을 치던 환난의 정점에서

마스크를 뚫고 나온 살벌한 공약들이

태백의 심장을 밟고 붉은 깃발 흔들었다

등뼈가 녹아내린 태고의 시간들을

뺄 돋친 후보들이 물고 뜯은 혈흔들을

봄비가 온몸을 던져 장엄하게 품었다

아프다, 아파트

얼마나 더 높아야 너 멈출 수 있겠느냐
저 언덕 다 깎아내 하늘 높이 솟았는데
또다시 끝 간 데 없이 바벨탑을 쌓는다

얼마나 더 올라야 억울하지 않겠느냐
한 평에 억을 쌓아 허공에 걸어놓고
게거품 토하게 될 날 끝내 모를 일인지

멈추지 못하는 몰염치의 히어로들
질기다 대한민국 불패의 강남 리그
아파트 빗장을 걸고 흑역사를 지킨다

동두천

금강산 가는 길목
옹이 하나 뭉쳐 있다

뼛속 깊이 맺혀 있던
울혈도 다 버리고

북풍에 주눅 들지 않았다
서풍 이미 이겨낸 몸

허파를 내어주고
인정도 풀어주고

불화살의 날들을
가슴으로 받아내고

뒤틀린 상생의 단전
온몸으로 지고 간다

쏘주

소주보다 쏘주에는 진한 눈물 스며 있다
고맙고 마음 짠한 사람들이 만났을 때
소주는 쏘주가 되어
눈자위를 적신다

쌍시옷의 위세가 거칠게 터져 나와
인생의 쓴맛을 제대로 느꼈을 때
쏘주는 위로가 되어
굳은 어깨 감싼다

착한 술 소주보다 깡다구가 조금 쎈
쏘주의 쓰디�쓴 맛 알 사람은 다 알지
쓴맛에 쓴맛을 더해
주먹 불끈 쥐게 하는

개망초 엽서

큰아들 가슴에 묻고 홀로 사는 포천댁
조막만 한 들깨밭엔 개망초 키를 넘고
이민 간 막내 딸내미 전화마저 멀구나

새끼 친 딱새 부부 하루해가 바쁜데
일손도 거둬버린 대청마루 긴 햇살은
청춘이 새싹처럼 살던 가족사진 지킨다

모임 금지 경로당엔 경고문이 시퍼렇고
눈치 없는 유세차만 노인복지 외쳐댄다
긴 노을 해가 또 지네 미끈유월 한나절

하늘 이태석

창백한 푸른 별에

생채기 많은 골에

묻고 간 붉은 씨는

빛으로 피어났네

뙤약볕 마파람이 지은

굵은 소금 한 사발

아프리카 뷔페

우기가 지나가면 들녘이 살아나고
초원의 뭇 생명은 천지가 자유였다
하늘이 차려주시던 아프리카 환상 뷔페

누천년 어김없이 내려오던 잔칫상은
끝없는 욕심들이 하늘을 찌르고 난 후
가뭄이 이어진 벌판엔 목숨들도 말랐다

생명이 생명으로 평원을 지켜왔던
그 귀한 목숨들이 제 자리를 밀려난 후
그리운 아프리카 뷔페 아득하다 빈 벌판

볼로냐 블루스

별들이 오글대던 천사표 유치원에
거침없이 날아든 무자비 포탄 몇 발
하늘도 어쩔 수 없는 비명 소리 솟았다

아기는 하늘 가고 남편은 전쟁터로
볼로냐 피난길엔 눈물도 메말랐네
열차는 이틀을 달려 국경선을 넘었다

허름한 가방 속엔 다정한 가족사진
컵라면 감싸 쥐고 돌아본 고향 하늘엔
휘영청 허리를 숙여 손 흔드는 호밀밭

외뿔

누구나 가슴속에 뿔 하나 품고 살지
안차고 다라지게 참고 또 버티다가
절벽을 기어오르며 나를 향해 외친다

모두가 입으로는 발린 말 달고 살지
검은 속 갈피 아래 쓸개는 숨겨두고
뾰족한 외뿔의 고독 용을 한번 쓰는 게다

피하다 밀려나서 강으로 올라갔던
양쯔강 외뿔고래* 바다 같던 그 힘줄
목숨을 내놓고 알았네 외고집의 흰 등뼈

* 양쯔강 외뿔고래는 2006년 이후 멸종되었다.

2부

옹색한 변명

소파를 보내며

취한 몸도 받아주고 게으름도 참아주며
살벌한 전시에는 안방이 되어주던
말귀도 훤할 듯하다 솔기 터진 저 화상

살갑던 웃음소리 날이 섰던 말다툼에
풀 없이 주저앉던 실망의 무게까지
모른 척 버티던 다리도 힘에 겨워 울었다

얼룩진 팔걸이에 모처럼 코를 묻고
마지막 네 품에다 몸을 맡겨보는 밤
옹색한 변명이 길다 너그럽던 꿈자리

천사

휠체어 밀고 가는 흰머리 늙은 아들

칭칭 감긴 링거 줄도 숨죽여 따라간다

외고집 새까만 얼굴 걱정 없이 웃는다

열 식구 모진 목숨 단숨에 밀고 갔던

한나절 비탈밭은 이태째 묵혀두고

아저씬 누구시냐며 농담처럼 웃는다

시인의 방

관절이 불편하신 종심從心의 툇마루에
늦도록 잠 못 들고 안절부절 서 있는 詩*
절대로 개평은 없다 두루마리 비어 있네

한 손은 어디 가고 불온하게 서 있니
더디다고 냉정하게 내쳐버린 구절들
오늘도 공갈빵 같은 시** 노을 앞에 무너진다

꿈 같은 게 있을까요 검은 손만 지천인데
어둠을 몰아내도 미완성일 뿐인걸요***
그래도 멈추지 않고 아이들은 크겠죠

서재에 불을 켜면 수만 편의 시샘들이
눈물과 설렘으로 뒤엉켜 보채는데
오늘도 주춤대는 내 시****는 점멸등만 깜빡이고

* 서 있는 詩: 신필영 시인의 시조 제목.
** 공갈빵 같은 시: 김진숙 시인의 시조 「겸손이라는 손」 중에서.
*** 미완성일 뿐인걸요: 김태경 시인의 시조 「오늘밤의 첼로」 중에서.
**** 주춤대는 내 시: 정용국의 시선집 『눈이 물고 온 시』 서문 중에서.

페널티킥

어쩔 수 없었다면 눈을 감아주겠니 옛정을 봐서라도 빌
미는 주어야지 태클이 너무 깊었다는 그 핑계는 안 멜게

여북하면 그랬을까 이해는 간다마는 느린 화면 네 발끝
은 잔뜩 화가 나 있었어 새빨간 할리우드 액션 나를 두 번
죽였고

다 썩은 동아줄을 그러쥔 인저리타임 구석을 노리다가
허공을 가를지라도 각오해 후회는 없기 회심의 꽃놀이패

곡우 찻잎

꽃샘잎샘 견뎌내고
고개 내민 여린 잎들

달궈진 무쇠솥에
치도곤을 맞고 나면

쏙 내민 제비 혓바닥
오그라져 잠이 든다

우전차 이파리는
첫봄의 시름 갈피

잘 익은 햇빛 바라
다관에 몸을 뉘고

꿈결에 상처를 풀면
싸락눈도 피어난다

유세장 장미

꼼수도 노림수도 우리 것 아니어서
피켓도 현수막도 버리고 가야겠네
오로지 맨몸으로만 다가설 수 있는 곳

서투른 공약으로 버무린 말잔치엔
속 깊은 감칠맛이 깃들 수가 없어서
맹지에 불시착한 말들 제멋대로 뒹군다

남몰래 뚫어놓은 토끼 굴 세 갈래엔
밤을 새운 망설임이 아직도 주춤대지만
언제나 내 품의 가시 따가워도 괜찮아

핑크 카펫

출퇴근 지하철 안
동그마니 남은 자리

별들이나 앉으라고
해종일 기다린다

지켜야 지켜지는 것
종아리에 힘을 준다

사람의 일이란 게
얼치기 셈이라서

한 치 앞도 어둡구나
출산율 0.79

얼음 위 댓잎 자리*라도
오늘 밤 꼭, 봐야겠네

* 얼음 위 댓잎 자리: 고려가요 「만전춘별사」 중에서.

돌을 던지다

잔소리 기 싸움도 모두 다 두고 가자
명분에 목을 매고 외통수를 노렸던
한 가닥 최후통첩도 머쓱해진 후반전

불계승을 노리다가 반집에 무너지고
정석만 내세웠던 당신의 계산법도
이제야 다시 읽는다 눈먼 돌을 집는다

눈물 밴 쓴웃음도 이젠 다 버리고 가자
어설픈 축을 몰아 승패를 따지기엔
첫 돌을 놓았던 손이 민망하지 않은가

자결 自決

폭설의 무게였나 풍문에 놀라셨나
아름드리 소나무가 허리를 꺾으셨다
수백 년 지고 온 사초 한시름을 놓았다

무섭던 태풍에도 혹파리 난리에도
헛기침 한마디로 거뜬히 버텼는데
곧아서 무겁던 나날 곁가지가 겨웠나

도선사 공양간에 떠돌던 귀동냥을
산신각 바람결이 전해준 게 탈이었네
날마다 부끄럽다던 공양 서둘러 물리셨다

하늘 댓글

서울이 끝이 나는 우이동 종점에는
주말마다 한 보따리 하소연 넘쳐난다
북한산 산신령님께 올려놓은 유튜브

구독자 별로지만 꼼꼼히 챙겨 와서
계곡에 둘레길에 미련 없이 버리고 간
죽을 맛 스트레스 더미 골골마다 쌓였다

얼큰히 술이 오른 쇠귀골 휴일 저녁
어스름 골목마다 훤해진 얼굴들이
수굿이 내려온 하늘에 댓글 가득 달고 있다

정간보 井間譜

우물 井 반듯하게 햇귀를 활짝 열고
별들이 앓는 소리 밤새워 추슬러서
당신을 받아 적는다 한 올까지 오롯이

발톱은 숨겨둔 채 부스럼도 덮어가며
불거진 상처마다 공을 들인 정간 밖엔
너에게 전하지 못한 숯덩이만 한가득

곧이듣지 않은 나는 빈 수레만 끌고 왔네
빠끔히 귀를 세운 네 심사는 두렵지만
너는 늘 내 편이었지 고삐를 내려놓는다

소녀상

아직 여자가 되기도 전에
이미 어른이 되어버린 소녀야
주근깨 까뭇한 얼굴 갈래머리 아가야

봉물로 넘쳐나는 야스쿠니 신사에는
인색한 팔십 년이 시들어 날아가고
말쑥한 선진국 장관들 빈말들이 넘친다

아흔넷 애기가 된 흐린 눈을 가눈 채
엄마 품 열네 살이 어제 같던 소녀야
먼 이국 허튼 꿈 으깨던 저 하늘만 푸르다

엉덩이의 힘

용케도 눌러앉아 십 년째 글을 쓰는
큰아이 엉덩이엔 기다림이 일상이다
언젠가 누룩꽃 피겠지 국화주가 익겠지

원고에 혼을 담아 세상을 두드리고
역사를 모셔다가 한가득 꿈을 펴면
청국장 밤도와 뜨고 자진가락 움튼다

발해가 춤을 추고 치우천황 꿈을 엮는
청춘의 불덩이엔 글발이 꿈틀댄다
피어라 용을 쓰는 시간 엉덩이는 힘이 세다

초록별

대한大寒이 얼어 죽어 눈밭에 나뒹군다
혹한의 설밑으로 안타까이 오시는 비
지구별 뜯어먹은 죄 발치 앞에 닥쳤다

산수유 잠 못 들자 누룩뱀도 나왔다는
절기의 반란에는 내남없이 죄인이다
부릅뜬 겨울나기는 시작된 지 오래다

망각의 싹이 돋는 일회용 편리마다
녹아내린 빙산 아래 북극곰도 길을 잃고
파렴치 상투를 잡은 너는 많이 아프구나

3부

기우뚱 청춘 같은

기우뚱한 말

망종이 지나도록 눈길도 주지 않고
어디가 덧났는지 꽃 소식도 마다한 채
외로 꼰 곁가지에는 마른버짐 피었다

누구보다 부지런히 꽃 피우고 열매 달던
개복숭아 삭정이를 조심스레 자르면서
힘들면 쉬었다 가자 위로의 말 건넨다

해거리 열매처럼 서리 내린 머리맡엔
어르신 교통카드 얼떨결에 와 있는데
기우뚱 청춘 같은 봄 나를 두고 잘도 간다

행복 도둑

추위쯤은 떨쳐야지 겨울을 버티려면

까마득 뵈지 않는 새벽을 기다리며

채운 것 다 비워야 하니 사는 건 본전이고

겨워도 달려야지 숨차게 꽃피려면

공짜 없는 둥근 세상 울화도 달래가며

빈자리 또 채워야 하니 사는 건 다 벌罰이다

사나운 돌부리는 하늘의 소관인 거

모자라면 채워주고 채우면 뺏어 가던

고만이 대쪽 같은 손에 흔들리는 저울대

금남로錦南路, 남실바람은

총파업 결의 대회 구호는 드높아도

나물 파는 할머니는 그늘 아래 졸고 있네

아무렴 이 뽀얀 시절에 서두를 게 뭐 있겠니

그땐 진정 사람이었지 아니 순간 동물이었어

비단 금錦 무너지고 금禁할 것만 천지였던

모든 것 제정신 잃고 나뒹굴던 이 거리

마흔셋 불혹이 된 팔십년생 그 청년이

넌지시 눈을 감고 두 손을 내미는데

토라진 남실바람만 칭얼대는 5월 한낮

마우스 신공神功

꼭꼭 숨긴 응어리도 단번에 풀어주고
누구나 공평하게 숨김없이 날려주는
딸까닥 소리 너머로 온 세상이 부푼다

도무지 알 수 없던 무거운 내 심사도
보채도 듣지 않던 숨겨둔 묵은 정도
네 앞에 다 털어놓고 쌈박하게 말하마

걱정은 버려두고 모르는 건 더블클릭
비밀도 무너지고 삶은 결국 모르는 일
쥐방울 호기심 천국 내 손안에 다 있다

포클레인 카톡

아무런 예고도 없이 들이닥친 너는

다짜고짜 긴 팔을 코앞에 들이대고

감춰둔 나의 심장心腸을 단 한 번에 찍었다

다 해진 내 망상에 빌미도 댈 수 없게

빼도 박도 못하게 빗장을 질러놓고

거짓말 핑계도 못 댄 바보 같은 사람아

청춘 포장마차

빛바랜 파견직에 애꿎은 치킨게임

쓰리고 고달픈 건 모두 다 끌고 와라

궁하고 술 고픈 날엔 등이라도 기대보게

청춘은 꿈이라며 유행가는 날아가고

희망은 절뚝여도 술은 달고 숨 차는데

포장을 다시 치고 걷듯 우린 아직 젊구나

폭음의 먼 기억도 숙취에 쩐 새벽도

살다 보면 가난처럼 정이 들지 않겠느냐

마차는 기다리지 않아도 어묵탕은 뜨겁다

인터넷 엽서

날마다 잘라내고
공들여 지웠어도
새순처럼 솟았다던
당신의 번뇌 망상

그 속에
내가 자랐네
천근만근 근심 추

번뇌는 무슨 번뇌
사는 게 다 눈물이고
망상은 무슨 망상
그 눈물이 기쁨이지

로그온
당신 몸을 연다
입김이 훅 뜨겁다

시인

이름씨 손을 잡은
가난한 토씨 하나

앙금으로 성을 쌓는
처연한 단을 딛고

시퍼런
줄탁崒啄*의 힘으로
된고개를 또 넘는다

* 줄탁동시崒啄同時.

52

졸혼 卒婚

너 없이 살 수 없다고 우긴 적이 있었다
쉼 없이 파내어도 메마른 샘을 안고
네 곁에 헛간을 짓고 된서리를 피했다

너 때문에 살 수 없다고 여긴 적이 있었다
등 푸른 물고기처럼 바다가 좁아터져도
나 너의 고된 감옥에 서성대지 않겠네

네 곁에 미운 바보 서 있거나 말거나
내 샘이 말라가고 바다가 뒤집혀도
다시는 개미지옥에 헛발 딛지 않기를

함박꽃 휠체어

궂은 날도 잠깐씩은 반짝 해가 들어오듯
집 나간 엄마 말씀도 제자리로 찾아와서

장마 끝 꽃그늘 아래
초롱 같던 한나절

날벼락 세월들도 뭉근히 곁을 주고
등 돌린 눈물마저 따듯하게 손을 잡은

힘겨운 팔순의 무게
반겨주던 휠체어

손잡이엔 오만 정이 달착지근 묻어나고
주인 떠난 바퀴는 안달방아를 찧는데

꿈같은 병상의 말씀
활짝 피어 웃고 있다

나는 자연인이다

대장에 박혔다는 절망 같은 암 덩이도
애증이 엉겨 붙은 집사람 하소연도

골짜기 흐르는 물에
헹궈서 걸어두고

깻박친 부도수표는 장아찌나 담가볼까
눅눅해진 첫사랑도 해거름에 말렸다가

칠봉산 얼음장 녹는
청명에나 꺼내야지

산나물 비빔밥에 시름도 버무려 넣고
비우니 채워지더라 너털웃음 친구 삼아

욕심껏 청산을 지고
산비알을 오른다

만세!

두 팔을 위로 올리고
자, 만세! 해보세요

의사의 말씀대로
온 힘을 써보지만

탈이 난 오른쪽 어깨는
외마디로 악을 쓴다

그 잘난 직장에서
그나마 버티려고

청춘을 중뿔나게
남 오른팔 되려다가

만세를 누릴 시간이
비명으로 굳었다

56

길의 위안慰安

콧노래가 넘나드는 숙자네 바자울이
앙바틈한 오르막에 어깨를 내어주던

어스름 마실 가는 길은
언제라도 좋았다

은현면 고갯길이 까마득해 보여도
엄마 손만 잡으면 단숨에 넘어섰지

외삼촌 두툼한 손이
기다리던 삼거리

가쁘게 넘어서고 뒹굴었던 진흙탕엔
기꺼이 몸을 내준 길의 품이 새롭다

막히면 새 길을 열던
해달별길 한나절

꽃이 피는 시간

동안거 한 생각을 온 힘으로 밀어 올린
애기 손 새순들을 다 뜯긴 두릅나무

또다시 물을 긷는다
봄 햇살에 기대어

단물을 퍼 내주고 이제 겨우 숨을 돌린
고로쇠 늙은 나무도 상처를 다독이네

봄비에 근심을 풀고
노곤하게 조는 시간

잔뿌리 여윈 가지 아무리 고단해도
실비에 젖는 품이 꿈결같이 달아서

사람이 못 보는 사이
에둘러 꽃은 핀다

4부

눈물도 웃음 되는

길이 된 시

― 김수영길에서

비명을 지르다가 비명에 세상을 뜬
당신의 울화통이 겹겹이 쌓여 있는
백운대 혁명의 아침은
아직 오지 않았습니다

시퍼렇게 날 선 말들 품고 산 쇠귀골엔
4.19와 푸른 하늘도 어설프게 터를 잡고
거대한 당신의 뿌리는
주춤대고 있습니다

밑씻개가 되어버린 대통령의 사진도
바람보다 재빨라서 가엾던 풀뿌리도
단단한 변주곡으로
이 길 위에 흐릅니다

비탈밭 한나절

여든 살 호미손이 지켜낸 비탈밭에
허리 휜 들깨 모종 하루해가 버거워
뙤약볕 머리에 이고 긴 하루를 건넌다

태풍에 흔들려도 잔뿌리에 힘을 주고
소낙비에 휘둘리며 가지를 추스를 때
나락 끝 으깨진 몸을 감싸주던 솔바람

태풍도 소낙비도 그리운 솔바람도
한목숨 돌아보면 꿈결 같은 반나절
비지땀 쏟아내고 가는 산비탈밭 한나절

초록별 연서

뭇 생명의 초록별 영험한 그 이름이
누더기 걸쳐 입고 열병에 떨고 있다
눈이 먼 인간의 손은
막다른 꿈 꾸는데

북극곰 잠 설치는 빙하는 울며 녹고
플라스틱을 먹는다는 혹등고래 외마디가
먼 길을 돌고 돌아서
언 가슴에 스민다

안락한 여유 대신 허파를 내어주고
빛나는 영광 뒤로 급소를 찔린 채
설핏한 가는 숨소리
막장 속에 잠든다

걱정 인형*
― 시조시인 박권숙

1.
조붓한 골목길을
그래도 잘 걸어왔다
둥글던 수상 소감엔
만정이 가득했지

그늘꽃
육십 년 세월
울컥하고 스몄다

2.
마음에 걸리던 것
백비로 눌러두고
아삭한 시조밭에
꽃바람도 불러보자

새까만

64

오만 걱정들

인형에게 맡기고

* 과테말라 속담에 나오는 걱정을 대신 해준다는 인형.

소벌못* 꿈발

1.
철석鐵石같던 동지 등에
웃으며 칼을 꽂고
어제의 맹서마저
가볍게 내던지는

여의도 모래섬에서
깃을 터는 철새들아

2.
누천년 변함없이
큰고랭이 품에 안고
검푸른 목숨 앞에
오체투지 엎드린

소벌못 아득한 꿈발
용솟음을 보아라

* '우포늪'의 이칭.

국물의 위로

무작정 주저앉아 울고 싶을 때가 있지

왜 나만 힘드냐고 하소연을 해보지만

국물도 없을 줄 알라며 되레 눈총 날아오고

그럴 땐 눈물겨운 엄마 밥이 생각나

동지 견딘 김치 얹어 미어지게 떠먹던

밤새워 아궁이를 지켜 뜨끈하던 한 그릇

잠이 녹은 뚝배기는 심장처럼 뜨거워

빈속을 달래주고 제정신도 들게 했네

가마솥 진국의 힘으로 또 한 해를 넘는다

별 사슬
– 나의 해방일지

만세 소리 눅어 있는
탑골공원 담장가에
고단하고 성긴 줄이
허기를 지고 있다

긴 하루
한 끼를 얻는
속절없는 끄나풀

더디게 줄어드는
순서를 기다리듯
실없는 빈 다짐에
코를 꿰며 왔구나

절박한
세상 사슬에
무릎 꿇고 살았구나

초라한 일상들은
으늑하게 재워놓고
작고 귀한 당신에게
건네는 추앙推仰 한 폭

하늘은
내 숨결 가득
별을 엮어주셨네

꿀백세꽃 장터

요양원 하루해는 우박처럼 지나가도
궁금한 거 하나 없는 외딴섬 긴 모래밭
모처럼 자원봉사팀 발소리가 정겹다

치매 예방 노래방엔 박수가 창을 넘고
그림방 도화지엔 민들레꽃 피어난다
저물며 반짝이는 노을 들썩이는 또 하루

갈고닦아 지고 온 개살구 화두 몇 알
내남없이 펼쳐놓은 장기 자랑 장터엔
꿀백세 꽃단풍들의 훤한 품이 들렌다

2050* 폐교

개똥이 무지렁이 아무래도 좋았네
지 먹을 건 지고 온다 걱정하지 않았네
해 뜨고 달이 지는지 몰랐어도 좋았네

어딜 가나 넘쳐나서 웬수 같던 아이들이
저절로 키가 크고 걱정 없던 아이들이
돈으로 칠갑을 해도 헬조선에 나뒹군다

거지꼴을 면하려고 눌러둔 아이들이
살 떨리는 출산율에 제 발등을 찍었다
문 닫힌 폐교 앞에서 멍든 아이 울고 있다

* 통계청은 한국의 인구가 2050년 이후 5천만 명 선이 무너질 것으로 예측
했다.

동두천 춘분

이른 봄 시샘 추위 얇은 옷깃 스미는데

산막에 깃들이고 새집 짓는 딱새 한 놈

집주인 아랑곳없이 대공사가 바쁘다

방해 될까 눈치 보여 라디오도 꺼놓고

쉴 새 없는 공사판을 응원하고 있는데

철없는 미군 헬기는 깐죽대며 지나갔다

굿네이버스

깡마른 정강이가 화면 가득 차오른다

흐벅진 먹방 프로 눈물 광고 지나가네

월 만 원 굿네이버스 다 어디로 갔는지

웃어라, 종

울어라 참지 말고 아직도 길은 멀다

상처를 짊어지고 천 리쯤 달려가서

묵은해 다 풀어내고 큰 소리로 울어라

누구의 가슴일까 두드려 속 시원한

길 없는 길을 갈 땐 귀도 활짝 열어놓고

너 하나 온 힘을 다해 사람 대신 울거라

울어서 풀어낼 일 어디 많이 있으랴

눈물도 웃음 되는 새 아침 위안처럼

미워도 활짝 웃거라 눈물 찔끔 흘려보자

쌍화점雙花店, GS25

질펀한 앞가슴을 민망하게 펼쳐놓고

직원은 나른해도 고객은 편리하게

스물넷 긴 하루도 모자라 별 하나 더 밝혔네

밥때 없는 학생에겐 시간도 쪼개 팔고

막걸리 러브젤에 고양이 간식까지

쌍화점 냉동만두는 몇십 초면 화끈해

짬이 없는 초딩들도 할 일 없는 할머니도

동전부터 카드까지 뒷골목 구석까지

주머니 주리를 튼다 온 동네가 훤하다

시집을 부치며

서투른 시침질로 서둘러 덧대 꿰맨
솔기가 징징 우는 고의적삼 한 채를

외딴섬
그대 품으로
염치없이 보냅니다

눈썰미 모자라는 제 솜씨는 모르는 채
모시로 멋들어지게 깨끼적삼 지으려다

안고름
여미지 못해
민망하게 보냅니다

뿔 꺾인 현실과 거인의 꿈

임채성 시인

시대마다, 사회마다 당대의 주된 흐름과 불화하는 존재가 있다. 그 아웃사이더의 대표자가 시인이다. 자의식이 강한 시인일수록 세계와의 불화는 필연이 되며, 시인은 이 불화를 생생한 사건으로써 온몸으로 감각하고 온 정신으로 사유한다. 모든 시편의 행과 연은 시인의 분투 현장이므로, 시인의 진술은 비판적이며 이상을 지향하게 된다. 현실과의 부조화를 통해 '심리적 간극'을 뼈저리게 느끼는 시인은 자신의 고통을 토로하며 영혼의 안식처를 찾아 헤매는 것이다. 이러한 시인의 자의식은 지리적 공간이나 물리적 현실과 상관없이 절대적인 공정과 평등에 눈높이를 맞춘 때 더욱 또렷해진다. 세상과 불화할 수밖에 없는 원인이 명확해지며 부조리한 사회로부터 거리를 두거나 분연히 떨쳐 일어설 힘이 생기는 것이다.

정용국 시인은 '여전히' 깨어 있다. 춥고 배고프고 아프지만 그것을 반전시킬 힘이 없는 변두리의 삶을 환기하는 현실 탐색 의지가 시대와의 불화, 사회와의 불화로 나타나고 있음을 볼 때 그렇다. 그는 현실과의 불화가 빚어놓은 결핍의 한가운데를 파고들며 닫힌 현실이 아닌 이상적인 열린 미래를 지향한다. 통속적인 멜로드라마를 쓸 수 없다며 불가능한 표상에 도전하는 시인은, 기층민의 일상을 다독여 주어야 한다고 때로는 웅변하듯, 때로는 귀띔하듯 알려주며 현상학이 보여줄 수 없는 길을 탐색해 간다. 열렬한 혁명 전사나 투사가 되기보다는 돈키호테의 용기에 기대 표상 자체의 불가능성에 도전하는 결기를 보여주고 있는 셈이다.

정용국 시인의 다섯 번째 시조집 『그래도 너를 믿는 그래서 너를 참는』에서 그가 견지하는 시조 세계의 핵심은 돈키호테적인 낭만적 분투성에 있다. 문학으로 표출되는 낭만적 분투성이란 부조리한 현실에 대한 분명한 입장의 표명이자 이룰 수 없는 꿈을 향한 무한의 지향이라 할 수 있다. 당랑거철螳螂拒轍의 무모와도 같은 그것은 실패할 것을 알면서도 맞서야 하는 반골의 숙명을 지닌 시인의 초상이기도 하다. 시인은 혁명을 주도할 초인이나 불의를 쓸어버릴 거인을 꿈꾸지만 현실은 그리 녹록하지 않다. 체제 순응보다는 비판과 저항의 날을 세운 안티테제 인사에게 사회는 쉽게 문을 열어주지 않는다. 닫힌 사회에서는 어디선가 일어난 부조리극을 이야기하거나 상상하거나 이해하는 것이 불가하다. 그 말은 곧, 어떤 방식이나 수단으로도 사건의 비극성과 총체적 진실을 오롯이 마주하거나 재현할 수 없다는 뜻이다. 양극화, 양분화, 야만화된 현실에 시인이 편안하게 머무를 시공의 여백은 없다. 이런 상황에서 방관자로, 도피자로 살아갈 수 없다는 시인의 자의식이 낭만적 분투성으로 표출된 것이리라. 이를 위해 진단과 비판, 모색을 넘어 궁극적으로는 치유를 꿈꾸고 있다.

정용국 시인은 자신의 생활 속 경험이나 사유를 시의 중심 서사로 선택하기보다는 불화하는 자아와 타인의 삶을 시적 대상으로 선택하여 그 안에서 자아의 새로운 가능성을 탐색한다. 시인의 시선이 '지금 – 여기'를 배회하며 현상계 너머의 이상 세계를 탐색하고 있는 것은 불통과 불화의 현실을 뛰어넘고자 하는 시적 전략 혹은 정서적 선택으로 보인다. 시조를 통해 세상과의 불화를 진지하게 탐구하며, 독자들에게 삶의 고통을 치유할 희망의 불씨를 함께 지피는 여정을 선사하고 싶은 것이다. 정용국 시인이 풀어내는 서사는 대체로 어둡고 언어적 질료 또한 하강의 이미지를 내비치고 있는 듯하지만, 그 이면을 자세히 들여다보면 위무와 극복을 위한 희망의 씨앗이 알알이 깃들어 있음을 알 수 있다. 그것은 현실 세계에 대하여 분노하고 고발하고 절망하는 대신 그 대척점을 향해 힘든 발걸음이지만 한 발 한 발 나아가고 싶다는 의지의 표현이다. 다시 말해, 짙은 페이소스를 바탕으로 불통과 불화의 세계 인식을 거쳐 더 나은 세계로의 도약을 꿈꾸는 시적 사유의 과정이 이번 시조집을 관통하는 커다란 줄기라 할 수 있을 것이다.

1. '뿔'이라는 파르마콘

정용국 시인의 눈에 이 세상은 부조리의 총체다. "도깨비 장난에/ 춤을 추"(「돈」)며 "변종이 판을 치던 환난의 정점에서"(「시우」) "몰염치의 히어로들"(「아프다, 아파트」)이 활보하고, "출산율 0.79"(「핑크 카펫」)에 "문 닫힌 폐교 앞에서 멍든 아이 울고 있"(「2050 폐교」)는 "헬조선"이기 때문이다. 돈과 욕망, 삶과 죽음, 슬픔과 고통 같은 비非시적이고 반反시적인 관념어도 그에게 와서는 생동적인 시어가 된다. 그것은 그의 시조가 보편적 공감대를 두루 형성하고 있다는 뜻이겠다. 따라서 그가 겪는 좌절과 고통의 감정은 독자들에게 그대로 전이된다.

누구나 가슴속에 뿔 하나 품고 살지
안차고 다라지게 참고 또 버티다가

절벽을 기어오르며 나를 향해 외친다

모두가 입으로는 발린 말 달고 살지
검은 속 갈피 아래 쓸개는 숨겨두고
뾰족한 외뿔의 고독 용을 한번 쓰는 게다

피하다 밀려나서 강으로 올라갔던
양쯔강 외뿔고래 바다 같던 그 힘줄
목숨을 내놓고 알았네 외고집의 흰 등뼈
　　–「외뿔」전문

　뿔은 수컷에게만 있다. 그래서 모든 뿔은 남성성의 상징으로
이해된다. 남성의 성기와 뿔은 비슷한 형태를 가짐으로써 이미
지의 호환이 가능하다. 뿔이 꺾이거나 제거된다는 것은 곧 거
세를 의미한다. 이는 힘과 권위를 잃는다는 뜻이다. 그런 면에
서 뿔은 수컷을 상징하는 정체성의 뿌리이자 물리적인 힘을 바
탕으로 한 권력의 상징이기도 하다. 신라의 금관이나 고대 메
소포타미아 미술에서 신적인 존재를 표상하는 뿔의 관, 혹은
헬레니즘 시대의 권력자들이 쓴 뿔의 상징은 절대 권력을 표상
하다. 이러한 힘의 상징은 한편으로는 백성을 보호한다는 의미
도 함께 갖고 있다. 모든 힘에는 책임이 따른다는 것이 고대로

부터 내려온 상식이자 규율과도 같기 때문이다.

시인에게도 응당 그러한 뿔이 있다. "가슴속에 뿔 하나 품고 살"며, "안차고 다라지게(겁이 없고 야무지게) 참고 또 버티다가/ 절벽을 기어오르"기 위한 용기와 힘을 축적한다. 하지만 대다수는 자신의 뿔을 감춘 채 살아간다. 지조와 줏대를 지키기보다는 처세와 생활의 편리를 위해 "검은 속 갈피 아래 쓸개는 숨겨두"듯 "뾰족한 외뿔의 고독"을 즐기는 것이다. 이러한 삶의 태도는 "목숨을 내놓"는 일이라고 시인은 경고한다. 자신이 몸담고 있는 사회의 불편부당에 맞서지 않고 회피나 외면을 택하는 방관자적 태도는 상황을 더욱 악화시킬 뿐이라며, 그 사례로 '양쯔강 외뿔고래'를 불러온다. 중국에서 '바이지툰(白鱀豚, 백기돈)'으로 불리는 이 흰색 돌고래는 2006년 이후 공식 멸종된 것으로 알려져 있다. 바다에서 천적이나 경쟁자를 "피하다 밀려나서 강으로 올라갔던" 개체들이지만 강에서조차 '뿔'을 드러내지 않음으로써 결국 멸종의 운명을 맞이한 것이다. "바다 같던 그 힘줄"의 "외고집"이 낳은 비극을 반추하는 시인은, 지나치게 강한 뿔은 타자의 삶을 파괴하지만 스스로 뿔을 꺾으면 자신도 최후를 맞을 수 있다고 경고하고 있다. 뿔 꺾인 존재들에 대한 응시는 다음 시편에서도 발현된다.

폭설의 무게였나 풍문에 놀라셨나

아름드리 소나무가 허리를 꺾으셨다
수백 년 지고 온 사초 한시름을 놓았다

무섭던 태풍에도 혹파리 난리에도
헛기침 한마디로 거뜬히 버텼는데
곧아서 무겁던 나날 곁가지가 겨웠나

도선사 공양간에 떠돌던 귀동냥을
산신각 바람결이 전해준 게 탈이었네
날마다 부끄럽다던 공양 서둘러 물리셨다
          ―「자결自決」전문

　'양쯔강 외뿔고래'가 타의에 의해 최후를 맞았다면, 이 작품
속 '소나무'는 자의에 의한 최후를 선택한다. "폭설의 무게였"
든 "풍문에 놀라셨"든 "아름드리 소나무가 허리를 꺾"은 것은
예삿일이 아니다. 그것은 단순한 나무 한 그루가 아니라 "수백
년 지고 온 사초"와도 같기 때문이다. 수백 년 동안 한자리에 서
서 계절의 흥망성쇠와 욕망의 이합집산을 모두 목격해 온 존재
이기 때문이다. "무섭던 태풍에도 혹파리 난리에도" 끄떡없이
버텼지만 "곧아서 무겁던 나날"이 겨웠던 것이리라. 너무나 푸
르고 곧은 성정은 "공양간에 떠돌던 귀동냥"에도 스스로를 부

끄럽게 여김으로써 '공양'을 물리쳐 버린 채 자신의 신념과 지조를 지키기 위해 자의적인 선택으로 목숨을 끊은 것이다. 어쩌면 자신의 푸르고 곧은 뿔을 휘두를 수 없다는 자괴감이 자결에 이르게 된 원인이라고도 볼 수 있다. 이러한 뿔에 대한 지향은 「만세!」로도 이어진다.

두 팔을 위로 올리고
자, 만세! 해보세요

의사의 말씀대로
온 힘을 써보지만

탈이 난 오른쪽 어깨는
외마디로 악을 쓴다

그 잘난 직장에서
그나마 버티려고

청춘을 중뿔나게
남 오른팔 되려다가

만세를 누릴 시간이

비명으로 굳었다

　ー「만세!」전문

'만세'는 그 자체로 뿔을 세우는 행위다. 두 손을 하늘로 치켜드는 것이기 때문이다. 이것은 또한 축하나 환호, 바람 따위를 크게 드러내는 개인적 감정의 표출이기도 하다. 하지만 이 작품 속의 화자는 '만세'를 부를 수 없다. 직장에서 밀려나지 않기 위해 "청춘을 중뿔나게" 일한 대가가 "비명으로 굳"어 돌아왔기 때문이다. 오십견으로 통칭되는 어깨관절의 퇴행성 변화 때문에 "오른쪽 어깨"가 탈이 난 것이다. 이는 더 이상 뿔을 세우거나 드러낼 수 없다는 은유의 표현이다. "중뿔나게" 일함으로써 오히려 '뿔'을 세울 수 없게 된 아이러니한 상황은 시인이 인식하는 부조리한 이 사회의 한 단면을 대변하는 것이다.

나이가 들면서 뿔의 크기나 힘이 점점 줄어드는 현상은 「기우뚱한 말」에서도 형상화되고 있다. "누구보다 부지런히 꽃 피우고 열매 달던/ 개복숭아"가 "꽃 소식도 마다한 채" "마른버짐"이 핀 것을 보고 "힘들면 쉬었다 가자 위로의 말 건네"는 화자의 "서리 내린 머리맡엔" 어느새 "어르신 교통카드"가 와 있다. '개복숭아'와 화자의 동일선을 확인할 수 있는 이 시편에는 "청춘 같은 봄" '봄 같은 청춘'을 하릴없이 떠나보내야 하는 안타까움이 스며 있다. '내 것'이었지만 '내 것 아닌' 것처럼 떠나보내야 하는 대상은 "취한 몸도 받아주고 게으름도 참아주며/살벌한 전시에는 안방이 되어주던" "솔기 터진 저 화상"(「소파를 보내며」)으로도 형상화된다.

결국 이 모든 서사의 주인공은 시인 자신일 수도 있고, 그의 시조에 공감하는 독자일 수도 있으며, 살면서 실패와 퇴행을 경험한 우리 모두일 수도 있다. 따라서 '뿔'이라는 메타포는 약과 독을 공유한다. 너무 강하면 부딪쳐 부러지고, 너무 무르거나 쓰지 않으면 퇴행해서 사라지는 삶의 수단이자 고통의 근원으로서의 '뿔'을 어떻게 다루어야 할지에 대한 성찰적 메시지가 삶의 비의성悲意性이라는 각각의 사례를 통해 전달되고 있는 것이다.

2. 고통의 표정과 불화의 현장

우리가 발 딛고 선 '지금－여기'의 현장에서 시인으로 산다는 것은 기본적으로 세상에 대해 싸움을 거는 일이다. 그러므로 시인은 어느 시대, 어떤 상황에서든지 진실을 추구하며 세상에 어깃장을 놓고 싸움을 거는 존재라 할 수 있다. 그 싸움은 단지 작품으로만 하는 게 아니다. 시인은 작품뿐만 아니라 작품 외적으로도 싸울 준비가 되어 있어야 하고 또 싸워야 하는 운명을 타고났다는 자의식이 있어야 한다. 정치 이데올로기와 상관없이 진보적일 수밖에 없고, 또 진보성을 내세우는 집단의 부조리마저도 전부 밝혀야 한다. 그러므로 "앙금으로 성을 쌓는/ 처연한 단을 딛고// 시퍼런/ 줄탁啐啄의 힘으로/ 된고개를 또 넘"(「시인」)기 위해 모든 지배 집단과 불화할 수밖에 없는 거북한 존재이다. 세상의 부조리에 딴지를 걸며 목소리를 높이는 정용국 시인은 그런 관점에서 천생 시인이라 아니할 수 없다.

참았던 산의 혈기 열불을 토해냈다

사람의 위무에도 말을 듣지 않으시고

악물고 소신공양한 해진 몸을 뉘었다

변종이 판을 치던 환난의 정점에서

마스크를 뚫고 나온 살벌한 공약들이

태백의 심장을 밟고 붉은 깃발 흔들었디

등뼈가 녹아내린 태고의 시간들을

뽈 돋친 후보들이 물고 뜯은 혈흔들을

봄비가 온몸을 던져 장엄하게 품었다
　－「시우時雨」전문

　정용국 시인의 시조는 보편적 인식의 가능성과 우리 삶의 터
전인 일상의 현장을 수학적으로 약분할 수 없는 지점에서 주로
발화한다. 그는 자기 인식을 극복하는 길이 끊임없이 무언가를
상기하는 행위에 달려 있다는 듯 사건 자체의 보이지 않는 것
과 볼 수 없는 것 사이의 간극을 찾아 그 순간을 재현하고 고찰
하는 데 많은 노력을 기울인다. 「시우」는 그러한 특성이 집약
된 시편이라 할 수 있다. 시인은 산불의 초토화 현장을 통해, 자
연을 무화하며 대중을 미혹하고 위협하는 객체적 힘과 맞서는
시적 탈환을 보여준다. 현실 너머의 독특하고 낯선 시공간이
아니라 명료하게 드러난 현실 세계를 시조로 형상화함으로써
초현실성을 극대화한다. 조화로운 섭리 속의 제재를 통해 자신
을 발견하는 시작詩作 태도를 버리고, 현실적 불화의 세계에 던
져진 현상계의 이면을 파헤치는 것이다. '혈기' '위무' '소신공
양' '환난' '공약' '시간' '혈흔' 같은 추상적이고 관념적인 존재

를 구체적인 일상의 세계 안에서 감각적으로 형상화한 것은 인간의 내면을 통찰하기 위함일 것이다. "등뼈가 녹아내린 태고의 시간들"과 "뿔 돋친 후보들이 물고 뜯은 혈흔들"을 "장엄하게 품"어줄 '봄비'를 때맞춰 기다리는 시인의 비분강개가 사자후의 큰 울림으로 퍼져나가고 있다.

금강산 가는 길목
옹이 하나 뭉쳐 있다

뼛속 깊이 맺혀 있던
울혈도 다 버리고

북풍에 주눅 들지 않았다
서풍 이미 이겨낸 몸

허파를 내어주고
인정도 풀어주고

불화살의 날들을
가슴으로 받아내고

뒤틀린 상생의 단전

온몸으로 지고 간다

　　－「동두천」 전문

　누구에게나 그렇겠지만 시인에게 있어 고향의 의미는 더욱
각별하다. 시인에게 고향은 시정신의 바탕을 다지게 해준 자양
분이자 영감의 원천으로 기능한다. 늘 의식 깊은 곳에 자리 잡
고 있다가 창작의 순간순간마다 의식적으로든 무의식적으로
든 발현하여 주제와 이미지를 이끌어 가는 동력으로 작용하기
때문이다. 그로 인해 시인들은 자신의 뿌리이자 오늘을 있게
해준 고향에 대한 자의식을 종종 시로 형상화하곤 한다. 정용
국 시인에게 동두천은 그런 고향의식을 불러일으키는 영감의
원천이다. 사실 시인의 고향은 양주 덕정이다. 동두천은 그의
어머니 고향이자 아버지가 직장 생활을 하던 곳이다. 「길의 위
안慰安」으로도 표출되듯 동두천을 찾아가는 여정은 어릴 때부
터 "콧노래가 넘나드는" 즐거움이었다. 이처럼 자신의 고향보
다 어머니의 고향인 동두천에 더 자주 눈길을 주는 것은 왜일
까? 짐작건대, 동두천은 아직도 주한 미2사단이 주둔하고 있는
남북 대치의 상징이자 시인의 대학 은사인 김명인 시인이 시의
소재로 다루었던 곳이기 때문이 아닐까 싶다. 김명인 시인은
시집『동두천』을 통해 냉전과 대립의 변방 도시를 한국 문학의

한복판으로 불러들인 장본인이다. 그러한 영향 때문이었는지는 몰라도 정용국 시인 또한 동두천에 거처를 정하고, 『동두천 아카펠라』(지우북스, 2021)라는 시조집까지 펴내지 않았던가.

위의 시 「동두천」도 시인이 그간 견지해 온 동두천이라는 근원적 이미지에서 크게 벗어나 있지 않다. "금강산 가는 길목"은 서울 용산역과 북한의 원산역을 잇는 총연장 223.7km의 경원선 철도의 노상이라는 뜻이겠다. 남북 분단 이전까지 남북한을 연결하던 철도 노선이 지나는 한반도의 배꼽 자리에 '옹이'처럼 뭉쳐 있는 도시, 그곳이 동두천이다. 서울에서 40km, 휴전선에서 40km 거리에 위치한 동두천은 서울을 불바다로 만들어버리겠다는 "북풍에 주눅 들지 않았"고, 미군이 시내 한복판에 주둔한 "서풍"까지 이겨낸 몸이다. 그런 동두천을 일러 시인은 "뒤틀린 상생의 단전"이라고 표현했다. 지난번 시조집 『동두천 아카펠라』의 자서에서 "아직도 주둔군이 물러날 줄 모르는 이곳은 세계 평화의 진원지이자 한반도 평화의 단전丹田"이라고 했던 말과도 일치한다. 북한의 위협과 주둔군의 횡포가 뒤섞인 혼돈의 땅을 그렇게 표현한 것이다. 이러한 시각과 정서는 "산막에 깃들이고 새집 짓는 딱새 한 놈"을 위해 "방해 될까 눈치 보여 라디오도 꺼놓고/ 쉴 새 없는 공사판을 응원하고 있는데/ 철없는 미군 헬기는 깐죽대며 지나갔다"는 「동두천 춘분」에서도 고스란히 느낄 수 있다. 이처럼 시인은 이 땅의 평화와 상생을 염원하는 주체로서 동두천이라는 아픈 손가락을 통해 현대사의 비극을 환기하며 그 고통이 사라진 시대를 꿈꾸고 있다. 이는 망각 상태에 있는 존재를 현상계로 소환해 죽어가는 실핏줄에 온기를 불어 넣으려는 의도일 것이다.

대한大寒이 얼어 죽어 눈밭에 나뒹군다
혹한의 설밑으로 안타까이 오시는 비
지구별 뜯어먹은 죄 발치 앞에 닥쳤다

산수유 잠 못 들자 누룩뱀도 나왔다는
절기의 반란에는 내남없이 죄인이다
부릅뜬 겨울나기는 시작된 지 오래다

망각의 싹이 돋는 일회용 편리마다
녹아내린 빙산 아래 북극곰도 길을 잃고
파렴치 상투를 잡은 너는 많이 아프구나
　-「초록별」 전문

자신의 뿌리와 연결된 지역사회의 안녕과 평화를 바라는 시인의 갈구는 공존과 상생을 위한 범지구적 문제로 확장된다. 현대시조가 추구하는 '지금 – 여기'의 시대성과 현장성은 안타

깝게도 현재 우리가 처한 위기를 떠올린다. 이미 현재진행형으로 벌어지고 있는 기후 위기와 환경문제 같은 범지구적 재앙은 앞으로 더 큰 위협으로 다가올 것이 분명하다. 누구나 알고 있지만 개인이 어떻게 하기에는 너무나 거대해서 모른 체 외면하게 되는 엄연한 현실 말이다. 그래서 '지금'이라는 단어는 긴박감과 긴장감을 불러일으키는 동시에 '지금 - 여기'에 잠시 멈춰 서서 돌아보고 성찰하기를 요청하는 것이다.

"끝없는 욕심들이 하늘을 찌르고 난 후/ 가뭄이 이어진 벌판엔 목숨들도 말랐다"며 「아프리카 뷔페」에서 환경문제를 들고 나왔던 시인은 「초록별」을 통해 더욱 적극적으로 지구촌 전체의 환경 위기를 거론한다. 눈이 와야 할 계절에 비가 오는 기상이변과 겨울잠을 자지 않는 동식물들, 이는 모두 "일회용 편리"만을 추구하며 "지구별 뜯어먹은 죄"에 대한 대가다. 그리하여 "많이 아"픈 '초록별'은 점점 '회색별'이 되어가는 중이다. 지구촌 환경에 대한 문제 제기는 「초록별 연서」에 와서 "북극곰 잠 설치는 빙하는 울며 녹고/ 플라스틱을 먹는다는 혹등고래 외마디가/ 먼 길을 돌고 돌아서/ 언 가슴에 스민다"며 그 위기감을 보다 구체적이고 사실적으로 조명하기에 이른다.

이러한 시적 태도는 기상이변과 환경 파괴로 인해 인류 생존의 위기에 봉착했으면서도 편리와 잇속만 찾는 자본 권력과 소비 지향의 행태를 더 이상 보고만 있을 수 없다는 현실 인식의 발로이다. 소녀상 앞에서 "아흔넷 애기가 된 흐린 눈을 가눈 채/ 엄마 품 열네 살이 어제 같던 소녀야"(「소녀상」)라고 울부 짖으며 현실이라는 테두리 안에서 주변의 문제들을 보듬듯이, 문학의 실천적 면을 포기할 수 없다는 점을 시인은 작품으로 웅변하고 있는 것이다.

3. 희망과 이상의 변주

정용국 시조의 근간은 더 나은 세상, 궁극적으로는 유토피 아를 향한 꿈꾸기다. 토머스 모어Thomas More가 그린 유토피아 Utopia는 원래 '현실적으로는 존재하지 않는 곳'을 뜻한다. 중국 의 무릉도원이나 우리나라의 이어도 또한 몽상에 불과했다. 그 러나 이 세상에는 없지만 가슴을 뜨겁게 달구는 꿈이 끝내는 더 나은 미래를 여는 법이다. 그 꿈은 안과 밖, 자아와 세계로 이어지는 교차와 융화에 뿌리를 내리면서 현실 극복의 의지를 다잡고 돋우는 데 주력한다. 과거에서 현재로, 현재에서 미래 로 분방하게 오가는 그의 상상력은 시공을 초월하는 우주적 감 정을 거느리면서도 가시적인 현실의 파토스들을 끌어안아 다 독이는가 하면, 궁극적으로는 다다르고 싶은 불가시적 이데아 를 추구하는 양상으로 전개된다.

동지 볕이 묻어나는 박오가리 속살에는
세상 근심 댓 말가웃 오종종 모여 산다

그 누가 돌보지 않아도 의젓하고 착하게

서둘러 지고 마는 겨울 해가 아쉬워도
발길이 끊어져서 마음이 허둥대도

비대면 불신의 시간도 다독여서 가야지

세모의 간절함이 상처로 뒹굴지만

그래도 너를 믿는
그래서 너를 참는

간절한 등불 하나씩 가슴속에 품고 산다
　－「눈물」 전문

　'인간이 몸을 씻이주는 것은 비누이고, 마음의 때를 닦아주
는 것은 눈물'이라는 말이 있다. 눈물은 고통, 슬픔, 기쁨, 감동,

분노 등의 감정 분출로 카타르시스를 느끼게 하는 정신적인 정화작용이다. 눈물은 슬픔을 해결할 수 있는 계기를 만들고, 인생과 세상에 대한 새로운 인식의 태도를 갖게 하는 인간 욕구의 기본적인 표현 방식이다. 그러므로 눈물은 하나의 완결 명사가 아니라 삶을 살아가는 데 있어 우리의 감정을 지속적으로 표현하게 하는 동사이다. 홀로코스트에서 살아남은 유대인 철학자 레비나스Emmanuel Levinas는 타자의 슬픔을 이해하기 위해서 타자의 '밖'에 위치하는 '나의 외재성'을 강조한다. 우리는 타자에게 가까이 다가가 그를 주시하는 존재가 됨으로써 상호 동등해질 수 있다. 마찬가지로 주체의 목소리를 거두고 고통을 받는 타자에 침투해서 그것을 나의 것으로 받아들일 때 슬픔은 나의 것으로 바뀔 수 있다고 했다.

위의 작품 「눈물」은 그런 면에서 그동안 쌓이고 쌓인 울분과 고통과 상처를 어루만지는 카타르시스의 정화작용으로 표출된다. 눈물을 통한 카타르시스의 정화는 겹겹이 쌓였던 불통과 불화의 감정들이 사르르 녹아내리는 해방감을 맞이하는 것처럼 슬픔과 기쁨이 어우러진 정신적 홀가분함을 선사한다. 가슴 안에 뭉쳐 있던 응어리가 녹아내리며 분노와 고통이 소멸하고 있다는 증거다. 이러한 정화작용은 "간절한 등불 하나씩 가슴 속에 품고" 살아갈 수 있는 새로운 희망의 동력이 된다. 여기서 주목할 점은 '그래도'와 '그래서'라는 접속부사다. "세모의 간절함이 상처로 뒹굴"어도 "너를 믿"으며, 그러한 믿음으로 인해 "너를 참"을 수 있다는 고백은 역진의 미래를 향해 제로 베이스zero base에서 새롭게 출발하겠다는 강한 의지를 내포하고 있기 때문이다. 표제어를 품고 시조집의 맨 처음에 배치된 이 작품은 이번 시조집 전체를 조망하고 시인의 지향점을 유추할 수 있는 단초가 되고 있다.

빛바랜 파견직에 애꿎은 치킨게임

쓰리고 고달픈 건 모두 다 끌고 와라

궁하고 술 고픈 날엔 등이라도 기대보게

청춘은 꿈이라며 유행가는 날아가고

희망은 절뚝여도 술은 달고 숨 차는데

포장을 다시 치고 걷듯 우린 아직 젊구나

폭음의 먼 기억도 숙취에 찐 새벽노

살다 보면 가난처럼 정이 들지 않겠느냐

마차는 기다리지 않아도 어묵탕은 뜨겁다
　ー「청춘 포장마차」전문

　자신 안의 모든 응어리와 오물을 밖으로 쏟아버린 시인은 이제 타자의 삶을 위무하려고 한다. 그런 타자의 중심에 '청춘'이 있다. 그것은 "나를 두고 잘도 가"(「기우뚱한 말」)는 돌아갈 수 없는 자신의 봄날에 대한 회한이자 우리의 미래를 뒷받침할 새로운 '봄'이라는 것을 믿기 때문이다. 뿐만 아니라 "십 년째 글을 쓰는"(「엉덩이의 힘」) 자신의 분신인 자식을 향한 기원의 마음이기도 하다. 그래서 시인은 고뇌와 고통에 신음하는 청춘을 위무하기 위한 기제로 '미각'을 끌어온다. 인간은 감각을 통해 세상을 지각하는 존재다. 이러한 감각은 정신을 확장하기도 하지만, 의식의 경계를 규정함으로써 구속하기도 한다. 그중 미각은 쾌락의 근원이다. 인간은 맛이라는 쾌락을 위해 거리낌 없이 다른 생명을 취할 정도로, 포만과 결부된 미각은 고단한 영혼을 위무하는 좋은 도구가 아닐 수 없다. 삶이 주변 혹은 타자와의 불화로 어수선하고 고단해질 때, 이 시조를 읽으면 김이 모락모락 피어오르는 어묵탕을 곁들여 누군가와 술 한잔을 나누고 싶어질 것 같다. "고맙고 마음 짠한 사람들이 만나" "눈자위를 적시"(「쏘주」)는 풍경은 생각만으로도 느껍다.

　이러한 시인의 마음은 "혼자라도 괜찮고/ 마주 앉"아 먹으면 더 좋은 「늦가을전煎」과 "빈속을 달래주고 제정신도 들게" 함으로써 "또 한 해를 넘는" 「국물의 위로」로도 표출되고 있다. 주어진 삶에 대한 허전함을 한 그릇의 국과 밥으로 메워보고 싶은 마음들을 대신하는 것이다. 따뜻한 한 끼 식사야말로 우리 존재의 허기와 추위를 데워줄 수 있는 최상의 위로라는 것을 말하려 함이다. 정용국 시인은 이렇듯 자신의 시조를 '절뚝이는 희망'을 다독일 수 있는 '포장마차'나 '따뜻한 국물'로 형상화하고 있다. 바로 거기에서 단단한 희망의 날개가 현실을 딛고 일어서는 반전으로 펼쳐진다. 다채로운 은유의 옷을 입고 있는 시인의 언어는 내포와 외연이 복합적으로 교차하거나 교직되는 가운데 존재의 비의에 다가가고, 이상향에 이르려는 꿈과 희망에 불을 지핀다. 그의 서정적 자아는 부정교합과도 같은 현상계의 아픔과 소외를 희망으로 감싸는 한편 내면에 잠재된 초인의식을 일깨워 활력을 얻으려 하기도 한다.

　　울분을 삭히기엔 겨울이 제격이지

　　단숨에 떠어내린 기백의 품격보다

심호흡 까치발 아래 깊어가는 결기여

극한의 결이 모인 숙연한 결빙의 시간

흩어진 빈 화두도 발심을 곧추세워

무뎌진 백서의 갈피에 붉은 줄을 긋는 밤

절기가 돌아앉아 등뼈가 녹는 날까지

겹겹이 언 빙폭冰瀑에 또 한 겹 꿈을 덧대

냉혹한 거인을 꿈꾸는 모진 밤이 푸르다
　　－「거인을 꿈꾸다」 전문

　독일의 철학자 니체Nietzsche는 스스로의 정신을 단련해 인간의 한계를 뛰어넘은 자를 '초인'으로 정의했다. 인간은 중간자中間者로서 극복되어야 하는 존재라며, 그 초극적인 절대자로서의 존재를 '초인'이라고 한 것이다. 또한 그 정반대의 존재를

'말인'이라고 하여 대립시켰다. 니체가 말하는 초인은 인간이 자기를 초극해 나아가야 할 목표이고, 신을 대신하는 모든 가치의 창조자로서 풍부하고 강력한 생을 실현한 자를 의미한다. 정용국 시인 또한 니체의 초인에 견줄 수 있는 '거인'을 자신이 도달해야 할 절대적 경지로 상정한다. "울분을 삭히"는 겨울, "극한의 결이 모인 숙연한 결빙의 시간"을 딛고 "무뎌진 백서의 갈피에 붉은 줄을 긋는" 사람. 새로운 봄이 오고, 희망의 시대가 열리는 "절기가 돌아앉아 등뼈가 녹는 날까지/ 겹겹이 언 빙폭에 또 한 겹 꿈을 덧대"는 화자는 폭풍우에도, 천둥소리에도 흔들리지 않는 "냉혹한 거인을 꿈꾸"고 있다. 현대적 이해에 도전하는 물질과 권력에 대한 저항으로서의 보수적 편협성이 아니라 더 나은 세계를 향해 현실과의 불화를 딛고 일어서는 희망의 전사이기를 스스로 염원하고 있는 것이다.

시인이 지향하는 '거인'은 「용담龍潭의 하늘」 속 동학 창시자인 최제우를 닮아 있기도 하다. "기우는 조선의 변방에 인내천을 올리"며 "여덟 편 하늘 노래"로 "쌀 한 톨 무지렁이가 튼실한 하늘이" 되는 그날까지 "삭막한 가슴마다" "생목소리"로 스며들고 싶은 바람, 포교용 가사집인 『용담유사』에 실린 그 생목소리가 바로 그의 시조가 지향하는 궁극일 것이다. 이처럼 시인이 꿈꾸는 유토피아는 공간이 아닌 감정에 있다. 내로 희망은 그 기대치 때문에 더한 좌절을 안겨주기도 한다. 그 때문에 눈앞에 펼쳐진 비정한 현실에서 막연하게 희망을 거론한다는 것은 몽상처럼 느껴지기도 한다. 그러나 시인은 희망은 멀리 있지 않다고, 생각보다 이상적인 것은 아닐 수 있다고 말하는 듯하다. 희망은 절망의 부재나 극복이 아니라, 절망을 같이 짊어지고 견디는 것이라고 에둘러 말하는 것 같다. 이처럼 시인은 존재 사건의 주체로서 존재자의 고통을 환기하며 그 고통이 사라진 시대를 염원하며 희망을 북돋우고 있다.

이번 시조집을 통하여 정용국 시인은 고통의 현실을 마주하면서 그 근원을 캐고, 모순된 제도와 부조리한 현실에 대해 비판하고 이의를 제기하는 문학의 실천적인 면을 강조한다. 이를 위해 사회적 현실과 조건들, 예를 들면 고통, 아픔, 비애, 설움 등 삶의 구체를 직시한다. 그러한 태도는 내재적 초월에 대한 애착과 열망으로 이해된다. 여기에는 강인하면서도 유연한 정신의 힘에서 비롯된 삶과 세계에 대한 직관적 통찰이 자리하고 있다. 경험적 이해 너머의 세계로 우리를 데려가 현실과는 다른 세계, 다른 삶, 다른 질서를 상상하게 만들고 그에 기초해 변화된 현실을 열망하는 시인의 바람이 사회 전반으로 퍼져나가길 기대해 본다.

그래도 너를 믿는
그래서 너를 참는

—

초판 1쇄 2024년 8월 20일
지은이 정용국
펴낸이 김영재
펴낸곳 책만드는집

—

주소 서울 마포구 양화로3길 99, 4층 (04022)
전화 3142-1585·6
팩스 336-8908
전자우편 chaekjip@naver.com
출판등록 1994년 1월 13일 제10-927호
ⓒ 정용국, 2024

—

—

ISBN 978-89-7944-877-1 (04810)
ISBN 978-89-7944-354-7 (세트)